Der Schreihals

Wilhelm Busch

copyright © 2023 Culturea éditions
Herausgeber: Culturea (34, Hérault)
Druck: BOD - In de Tarpen 42, Norderstedt (Deutschland)
Website: http://culturea.fr
Kontakt: infos@culturea.fr
ISBN:9791041949045
Veröffentlichungsdatum: FEBRUAR 2023
Layout und Design: https://reedsy.com/
Dieses Buch wurde mit der Schriftart Bauer Bodoni gesetzt.

ER WIRT MIR GEBEN

»Da, Lina, zieh ihm 's Nachtzeug an,
Daß ich die Flasche wärmen kann.«

Die Mutter geht, und eh' sie scheidet,
Wird Willi schon des Hemds entkleidet.

Die Wäscherei gefällt ihm nicht,
Vor allen Dingen im Gesicht.

Doch schreit er nicht und hält ganz still
Und läßt sich pudern, wo man will.

Kaum aber schnüret man ihn ein,

So fängt er auch schon an zu schrein.

Habäh! So tönt sein Wehgeschrei

Und lockt den Vater selbst herbei.

»Hier, halt ihn eben mal, Papa!

Ich geh' und rufe die Mama!«

Der Vater trommelt an den Scheiben,

Um Willis Trauer zu vertreiben.

Er läßt ihn in den Spiegel schaun.

Der Willi schreit, bis daß er braun.

»Horch, Willi, horch, die Ticktackuhr!«

Der Willi schreit noch ärger nur.

»Susu, mein Herz! Schlaf ein, schlaf ein!«

Er fängt noch lauter an zu schrein.

Mit List zeigt er die Zipfelhauben

Umsonst! der Willi will's nicht glauben.

Jetzt macht er einen Butzemann.

O weh! Nun geht's noch schlimmer an.

Die Mutter öffnet grad die Tür:

»Mein Herz! Was machen sie mit dir?!!«

Die Mutter macht ein ernst Gesicht:

»Ja, was ist das? Auch dieses nicht?!«

Grad kommt die Tante auf Visite

Und ruft erschreckt: »Du meine Güte!!«

Voll Weisheit öffnet sie den Bund.
Da haben wir's! Das war der Grund!

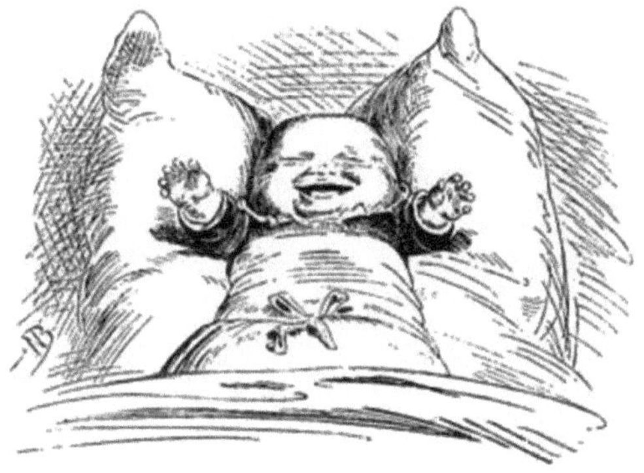

Und Willi, der von Schmerz befreit,
Lacht laut vor lauter Heiterkeit.